1869

LA BIENFAISANCE DE VOLTAIRE,

PIECE DRAMATIQUE, EN UN ACTE, EN VERS.

Par M. WILLEMAIN D'ABANCOURT.

REPRÉSENTÉE pour la première fois sur le Théâtre de la Nation, le Lundi 30 Mai 1791.

Tantùm Religio potuit suadere malorum.
LUCRÈCE.

A PARIS,
Chez BRUNET, Libraire, rue de Marivaux, place du Théâtre Italien.

1791.

AUX MANES DE VOLTAIRE.

Tu poursuivis le fanatisme
Dans ses derniers retranchemens ;
Ennemi né du despotisme,
Tu bravas ses cris menaçans :
Plus d'une fois sa rage impie
Frémit au bruit de tes accens ;
Mais pour lancer les traits perçans
Que lui décochait ton génie,
Toi, le meilleur de ses enfans,
Tu t'exilas de ta patrie.
Trop long-tems rebelle à ta voix,
Le Français méconnut tes droits
A sa juste reconnaissance :
Le tems déchira le bandeau
Qui prolongeait sa longue enfance,
Et ton triomphe en est plus beau.
Dans les bois fleuris du Parnasse,
Obscur encore et méconnu,
J'osai, plein d'une noble audace,
T'offrir un encens qui t'est dû.
Pardonne un élans téméraire
Qu'excuse en moi le sentiment :
Pour te célébrer dignement,

Il faudrait un second VOLTAIRE.
Je n'ai voulu sur ton autel
Présenter qu'une fleur champêtre :
Je laisse aux mains d'un plus grand maître
A retracer l'homme immortel :
Sage, grace à l'insuffisance
Du luth qui jure entre mes doigts,
J'ai préféré ta bienfaisance,
Et je m'applaudis de mon choix.

AVERTISSEMENT.

J'ÉTAIS bien jeune encore, lorsque la *Mérope* de VOLTAIRE me tomba entre les mains : cet ouvrage immortel développa bientôt en moi le goût de la poésie et le germe du peu de talent qui m'échut en partage. Je dois donc à ce grand homme les momens les plus doux de ma vie ; car ce n'est que dans la culture des beaux-arts qu'on goûte ce bonheur pur et paisible qui fait les délices de l'homme de bien. La lecture de ses ouvrages a toujours fait mon occupation favorite ; et, sans cesser de rendre justice aux hommes de génie qui ont élevé la France au-dessus des Anciens et des Modernes, VOLTAIRE a dans mon cœur toujours obtenu la préférence. J'en fais l'aveu d'autant plus volontiers, que je ne suis pas le seul à qui cette façon de penser appartienne : aussi me suis-je toujours empressé de la mettre au jour, dans les momens même où la calomnie s'élevait avec le plus de force contre lui. Ce sentiment profond, que je n'ai pas craint de manifester, m'a valu quelques injures de la part de certains Journalistes qui protégeoient ouvertement ses ennemis ou plutôt ceux de l'humanité. J'en ai fait gloire, espérant toujours que la Postérité, plus juste, le vengerait tôt ou tard de ses détracteurs. Le moment est venu plus tôt que je ne le croyais. Les honneurs mérités décernés à ses cendres ont enflammé mon imagination; j'ai eu l'ambition, peut-être indiscrette, de mêler ma faible voix à celle de la patrie; et, sans prévoir les suites d'une entreprise aussi périlleuse, je me suis élancé dans la carrière, au risque de manquer le but, quitte pour m'écrier, avec notre bon La Fontaine :

J'aurai du moins l'honneur de l'avoir entrepris.

J'ai cru que la meilleure manière de célébrer le plus tendre ami de l'humanité, était de le peindre dans la circonstance la plus glorieuse peut-être de sa vie ; je veux parler de la victoire mémorable qu'il remporta sur le fanatisme, en 1764. MM. les Comédiens Français ont bien voulu se prêter à mes vues, avec ce zèle ardent que la mémoire seule de VOLTAIRE pouvait leur inspirer ; et je saisis avec empressement cette occasion de leur en témoigner publiquement ma reconnaissance. J'en dois une particulière à M. Florence, dont les conseils ont en partie assuré le succès de cette bagatelle, et qui a guidé mes pas incertains dans une carrière nouvelle pour moi. Seul dépositaire de mon secret, il m'a procuré une jouissance bien douce, celle de m'entendre applaudir de la façon la moins suspecte, puisque l'on ignorait absolument le nom de l'Auteur, et qu'on m'a fait l'honneur d'attribuer mon ouvrage à des Ecrivains distingués, qui n'ont pas dû être flattés de la méprise.

L'accueil que le public a fait à cette bluette a passé mon espérance : il a bien voulu me tenir compte du peu que j'ai fait, sans songer à ce que le sujet exigeait de moi, et je ne regarde son indulgence que comme un encouragement pour mieux faire à l'avenir.

Le Rédacteur de je ne sais quelle feuille qui n'a vécu que peu de jours, est le seul qui ait mal parlé de la *Bienfaisance de Voltaire* : je lui dois cependant des remercîmens, puisqu'en faisant le procès à mon esprit, il a rendu justice à mon cœur, en disant que cet ouvrage respirait la haîne du fanatisme et l'amour de l'humanité. Il m'a reproché avec amertume d'avoir fait usage de plusieurs vers de mon héros. Je n'ai autre chose à lui répondre, si non que je voudrais en avoir employé davantage. Je sais mieux que personne qu'ils forment une disparate frappante avec les miens, et c'est pour cela que j'ai cru inutile de les indiquer avec des guillemets.

Peu de Pieces ont été jouées avec plus d'ensemble et de précision que la *Bienfaisance de Voltaire*. Mlle. Thénard, entre autres, et M. Saint-Phal ont rendu, l'une le rôle de Mme. Calas, et l'autre celui de VOLTAIRE, avec une vérité dont le Théâtre de la Nation peut seul offrir le modèle.

PERSONNAGES.

VOLTAIRE.	M. SAINT-PHAL.
Mme. CALAS.	Mlle. THÉNARD.
SOPHIE, *sa fille*.	Mlles. MASSON et Charlotte LA CHASSAIGNE.
PIERRE CALAS, *son fils*.	M. DUNANT.
M. DE LA SALLE. . . .	M. DUPONT.
Mme. DUPUIS, *petite-nièce du grand Corneille*. .	Mme. SUIN.
JEANNE, *servante de Madame Calas*.	Mlle. JOLY.
UN LAQUAIS.	M. CHAMPVILLE.

La scène est à Ferney, dans le château de Voltaire.

LA BIENFAISANCE
DE
VOLTAIRE,
PIECE DRAMATIQUE.

SCENE PREMIERE.

Le Théâtre représente un petit salon décoré des portraits ou des bustes du Roi de Prusse, de l'Impératrice de Russie, de d'Alembert, de Le Kain, du Comte d'Argental, et de plusieurs autres personnages célèbres, dont Voltaire était l'ami.

Mme DUPUIS, SOPHIE.

Mme DUPUIS.

VOUS verrai-je toujours, mon aimable Sophie,
Dans des chagrins nouveaux consumer votre vie ?
Personne plus que moi ne ressent vos malheurs ;
Mais il faut mettre un terme à vos longues douleurs.

SOPHIE.

Ah ! Madame...

Mme DUPUIS.

Songez à votre digne mère,
A sa position : plus elle vous est chère,
Plus vous devez tâcher d'adoucir la rigueur
Du souvenir cruel qui déchire son cœur.
Occupez-vous sans cesse à fermer sa blessure :
Par ce que vous souffrez, jugez ce qu'elle endure.
N'a-t-elle pas assez de ses propres tourmens ?
Vous connaissez pour vous ses tendres sentimens :
Croyez-vous à ses yeux dérober votre peine ?
Si c'est votre espérance, apprenez qu'elle est vaine.—
Souvent je l'ai surprise ; elle pleure sur vous :
Voulez-vous la priver de son bien le plus doux ?
Déjà sans ses enfans elle eût perdu la vie :
Faut-il que par vous seule elle lui soit ravie ? —
Pardon, ma jeune amie, en vous ouvrant mon cœur,
Je n'ai pas le dessein d'ajouter à l'horreur
Du coup inattendu dont le poids vous opprime :
C'est votre intérêt seul qui me guide et m'anime.
Sophie, ah ! si j'en crois d'heureux pressentimens,
Vous verrez avant peu la fin de vos tourmens.

SOPHIE.

La fin de nos tourmens ! non, jamais.

Mme DUPUIS.

Votre mère...

SOPHIE.

Sans cesse je crois voir mon infortuné père
Par des monstres cruels arraché de nos bras,
Et des mains d'un bourreau recevant le trépas :
Jusques dans le tombeau cette horrible pensée
Aiguisera le trait dont mon ame est blessée :
Puis-je oublier jamais ce tableau déchirant ?

Mme DUPUIS.

Non, mais, vous le savez, Calas fut innocent,
Et de l'homme puissant qui l'avait outragée,
Sa mémoire doit être incessamment vengée.
Voltaire aux Tribunaux fit entendre sa voix ;
Le devoir* du génie est d'éveiller les loix :
Ses droits sont de prêter sa sublime éloquence
Pour faire briller ceux de la faible innocence.
Regardez dans Voltaire un Dieu qui vous défend,
Et dont tout sentira le suprême ascendant.

SOPHIE.

Que ne devons-nous point à cet homme admirable,
Le seul qui nous tendit une main secourable,
Et qui, foulant aux pieds un préjugé cruel,
Dans mon père, traité comme un vil criminel,
Ne vit, ne reconnut qu'une triste victime,
Dont le seul fanatisme imagina le crime ?
Mais je crains, et voilà ce qui trouble mes sens,
Je crains que ses efforts ne restent impuissans. —
Vous ne connaissez pas la rage meurtrière

Du féroce assassin de mon malheureux père :
Peu satisfait, hélas ! de l'avoir condamné,
Pour nous écraser tous il n'a rien épargné
Mon père le premier éprouva sa furie.
A peine eut-il fini sa déplorable vie,
Que mon frère, banni par un injuste arrêt,
Fut arraché mourant à tout ce qu'il aimait,
Trop heureux qu'on daignât lui laisser la lumière !
Un abandon total environna ma mère.
Hors d'état de pourvoir au soutien de ses jours,
On la vit mendier d'insuffisans secours ;
Et, pour comble d'horreurs, d'une haine cruelle
Affreux raffinement, on nous sépara d'elle.
Nous eussions pu fournir à ses premiers besoins ;
Peut-être eussions-nous pu, par de généreux soins,
Calmer de ses douleurs la cuisante amertume.
Pour ajouter encore au mal qui la consume,
Dans le fond d'un couvent une barbare loi
Enchaîna sans pitié ma jeune sœur et moi.

Mme DUPUIS.

Ciel ! il existe un être à ce point insensible !

SOPHIE.

Enfin, le sort pour nous cessa d'être inflexible ;
Nos fers furent brisés. Moment délicieux !
Nous volons aussi-tôt vers l'objet de nos vœux ;
Nous essuyons ses pleurs : cette mère chérie
Reprend entre nos bras une nouvelle vie ;

Le travail de nos mains la soutient, la nourrit;
Et sans un souvenir, qui toujours le détruit,
Peut-être le bonheur, ami de l'innocence,
Eût habité chez nous, malgré notre indigence;
Peut-être eussions-nous vu dans notre humble séjour
Luire encore pour nous l'aurore d'un beau jour;
Mais, hélas! à nos yeux un souvenir horrible
Sans cesse retraçait le spectacle terrible
D'un père. — Ah! pardonnez: en songeant à son sort,
Je sens errer sur moi le frisson de la mort:
Que ne m'a-t-elle alors réunie à mon père!
Mais elle a resté sourde à ma triste prière. —
Le ciel daigna pourtant prendre en pitié nos maux:
Nos jours furent marqués par des succès nouveaux;
Nous avons obtenu l'amitié du grand homme,
Qui, voyant d'un même œil Londres, Genève et Rome,
De l'humanité seule a défendu les droits,
Et dévoilé les torts des ministres des loix.
Non content d'écouter une pitié stérile,
Dans sa propre maison il nous offre un asile;
Et si le sort enfin se laisse désarmer,
Nous ne devrons qu'à lui...

Mme DUPUIS.

Peut-on ne pas aimer,
Ne pas protéger ceux que l'injustice opprime?
Aux coups du fanatisme arracher sa victime,

Quel triomphe! — Voltaire, en vous rendant l'espoir,
En vengeant la vertu, n'a fait que son devoir:
Peut-il plus dignement terminer sa carrière?

SOPHIE.

Du grand nom de Corneille immortelle héritière, (1)
O vous, dont la bonté prévient nos moindres vœux,
Comment nous acquitter...

Mme DUPUIS.

Aimez-moi; je ne veux,
N'exige rien de plus. — J'apperçois votre mère:
Si jamais à sa fille elle dut être chère,
Il faut le lui prouver.

SOPHIE.

Ah!...

(1) C'était originairement madame Denis, nièce de Voltaire, que j'avais introduite dans ma Pièce; mais, la veille de la première représentation, je jugeai que le personnage de la petite-nièce du grand Corneille, que le défenseur de Calas venait de doter, serait plus théâtral, et je fis en conséquence les changemens nécessaires. Madame Suin avait bien voulu se charger du rôle ingrat de madame Denis, qui cessait alors de lui convenir: mais, pressé par le tems, je fus obligé de laisser les choses à peu près dans l'état où elles étaient, me réservant de rétablir à l'impression les vers qui désignaient particulièrement madame Dupuis.

SCENE II.

SCENE II.

Mme CALAS, Mme DUPUIS, SOPHIE.

Mme CALAS, *à Madame Dupuis.*

Vos soins généreux
Se partageront donc toujours entre nous deux ?
Nous ne fatiguons point votre bonté constante.

Mme DUPUIS.

Je voudrais pouvoir plus.

Mme CALAS.

Ame compatissante !
Ange consolateur, envoyé par le Ciel
Pour adoucir nos jours empoisonnés de fiel,
Le grand Voltaire et vous serez des Dieux propices
A qui nous offrirons d'éternels sacrifices.

SOPHIE.

Oui, Madame, et toujours nos cœurs reconnaissans...

Mme DUPUIS.

Ne m'en parlez donc plus.

SOPHIE.

J'obéis.

Mme DUPUIS.

Que le tems
S'écoule avec lenteur pour mon impatience !
Quand verrai-je à mon gré briller votre innocence ?
Quand verrai-je arriver ce jour tant souhaité,
Ce jour, où triomphant d'un monstre déteste,
L'humanité pourra lever sa tête auguste,
Renverser des méchans l'effort toujours injuste,
Et montrer hardiment aux esprits corrompus
Qu'il est encor des cœurs qui croyent aux vertus ? —
Mais, pardon, il est tard, il faut que je vous quitte ;
Je n'ai point vu Voltaire et lui dois ma visite ;
L'amitié m'y conduit.

Elle sort.

SCENE III.

Mme CALAS, SOPHIE.

Mme CALAS.

TOUJOURS de nouveaux pleurs ?

SOPHIE.

Ah ! ma mère, pardon.

Mme CALAS.

Je conçois tes douleurs,
Et mon cœur est bien loin de t'en faire un reproche.
Pauvre enfant !

SOPHIE.

Qui l'eût dit qu'un jour — Ah ! ...

Mme CALAS.

Viens, approche ;
Jette-toi sur mon sein ; serre-moi dans tes bras :
Pleurons toutes les deux, et ne nous quittons pas.

SOPHIE.

Moi, ma mère, jamais ! moi, vous quitter !

Mme CALAS.

Ma fille,
Après le déshonneur qui couvre ma famille,
Après l'indigne affront que j'ai reçu du sort,
Il ne me reste plus qu'à souhaiter la mort ;
Et quoi qu'à nos désirs la fortune réponde,
Quels appas désormais aurait pour nous le monde ? —
Ta sœur, tes freres, toi, près de moi réunis,
Nous supporterons mieux le poids de nos ennuis :
D'un préjugé barbare innocentes victimes,
Qui nous rétablira dans nos droits légitimes ?
La loi commande-t-elle à ces esprits pervers
Qui se font un devoir d'égarer l'univers ?
Et malheureusement, dans le siècle où nous sommes,
Le préjugé fait tout sur la plupart des hommes :
Pour échapper, ma fille, à leurs mépris outrés,
Nous devons vivre tous et mourir ignorés. —
Mais on vient. — Ciel ! que vois-je ?

SCÈNE IV.

JEANNE, Mme CALAS, SOPHIE.

JEANNE.

Ah ! ma bonne maîtresse,
Je vous retrouve enfin ! - Souffrez que ma tendresse. —

elle embrasse Madame Calas et Sophie.

Mme CALAS.

Quel moment !

SOPHIE.

Qu'il est doux !

JEANNE.

Je connais vos besoins,
Et viens vous consacrer ma vieillesse et mes soins :
Un accident cruel, trompant mon espérance,
A long-tems mis obstacle à mon impatience ;
Enfin, j'ai recouvré la force et la santé,
Et je suis près de vous : quelle félicité ! —
Dans la retraite obscure, où la fièvre brûlante
M'a long-tems retenue isolée et mourante,
J'appris l'espoir heureux qui vous était permis :
Mes douleurs aussi-tôt cessèrent ; je sentis,
Du moment que je sus cette bonne nouvelle,
Renaître dans mon sein une vigueur nouvelle :

Le calme et l'appétit déja me sont rendus ;
Le sommeil qui fuyait de mes yeux abattus ,
Revient et raffermit ma santé chancelante. —
La mort , vers ce tems-là, m'enlève une parente ;
Je suis son héritière, et sa succession
Suffit à mes besoins , à mon ambition. —
Je suis auprès de vous ; tout cet or m'importune ;
Je dépose à vos pieds ma petite fortune ;
Daignez la recevoir , c'est mon vœu le plus doux ;
Désormais je veux vivre et mourir près de vous.

Mme CALAS.

Tu voudrais partager le sort qui nous enchaîne !
Ah ! Jeanne , à ce trait-là je reconnais sans peine
Ce cœur sensible et pur qui n'a jamais changé ,
Et qui brava pour nous le cri du préjugé.
Oui , Jeanne , désormais nous vivrons réunies ;
Nos peines en commun se verront adoucies ;
Mais garde ton argent.

SOPHIE.

Oui , ma mère a raison ;
Garde-le , Jeanne.

JEANNE.

Ainsi vous rejetez ce don. —
Ah ! vous ne m'aimez plus , je ne vous suis plus chère.

Mme CALAS.

Le peux-tu croire ?

JEANNE.

Hé bien, cédez à ma prière.

Mme CALAS.

Non, ma chère enfant.

SOPHIE.

Non.

JEANNE.

Pour l'obtenir de vous,
Souffrez qu'en ce moment j'embrasse vos genoux. —

SCENE V.

VOLTAIRE, Mme CALAS, SOPHIE, JEANNE.

VOLTAIRE.

QUEL spectacle ! et que vois-je ?

Mme CALAS.

Une fidelle amie,
Dont le cœur généreux pour nous se sacrifie,
Qui nous prie à genoux d'accepter un bienfait.

VOLTAIRE.

Acceptez-le, Madame ; acceptez-le : ce trait
Vous peint toutes les trois.

Mme CALAS.

Quoi ! vous voulez.....

VOLTAIRE, *bas, à Madame Calas.*

Madame,
Vous feriez de la peine à cette bonne femme.

Haut.

Acceptez.

Mme CALAS.

Je me rends.

JEANNE *à Voltaire.*

Que ne vous dois-je pas ?

Remettant une bourse à Madame Calas.

Tenez, bonne maîtresse.

Mme. CALAS.

Ah ! viens, c'est dans nos bras,
C'est-là, Jeanne, c'est-là que ta place doit être.

VOLTAIRE.

Jeanne, vous méritiez de servir un bon maître.

JEANNE.

Ah ! j'en avois un bon, sensible, vertueux :
Depuis plus de trente ans je vivais avec eux,
Comme un de leurs enfans.

SOPHIE, *vivement.*

Vous y vivrez encore;
Vous y vivrez toujours.

Mme CALAS.

Et notre cœur s'honore
D'un pareil sentiment.

JEANNE.

Tous mes vœux sont remplis!

VOLTAIRE.

De tous vos procédés je ne suis pas surpris:
A Madame Calas.
Dès le premier abord je vous avais jugée;
L'humanité l'emporte, et vous serez vengée:
Si des juges gagnés ont trahi leur devoir,
D'autres plus généreux rempliront votre espoir.

Mme CALAS.

Puissiez-vous dire vrai! puisse enfin l'imposture!...

JEANNE.

Vous en triompherez.

Mme CALAS.

J'en accepte l'augure.

A Jeanne.

Tu dois avoir besoin de repos, laisse-nous ;
Va m'attendre chez moi.

Elle l'embrasse.

JEANNE *s'en allant.*

Que je vous aime tous !

SCENE VI.

VOLTAIRE, Mme CALAS, SOPHIE.

SOPHIE.

Et c'est vous qui daignez nous tenir lieu d'un père !

VOLTAIRE.

Je m'en fais un devoir ; cette tâche m'est chère,
Mes enfans. — Permettez à ma vive amitié
Cette expression tendre.

Mme CALAS.

Avez-vous oublié
Les droits d'un père ?

VOLTAIRE.

Hé bien, souffrez donc que j'en use :
Chacun se plaint de vous. — Ne cherchez point d'excuse,
Vos torts sont avérés.

Mme CALAS.

Monsieur...

VOLTAIRE.

Pourquoi nous fuir?
Pourquoi nous privez-vous du bonheur d'adoucir
Les maux que vous souffrez?

Mme CALAS.

Un préjugé barbare
De tout commerce humain à jamais nous sépare.

VOLTAIRE.

Erreur : les préjugés sont bannis de ces lieux ;
L'humanité, voilà ma boussole et mes Dieux !
J'abhorre ces tyrans, nés de la barbarie :
A les combattre en vain j'aurais passé ma vie ?
Non ; j'oppose à leurs coups un effort éternel. —
Supposons un moment votre époux criminel :
Du mal qu'il a pu faire êtes-vous responsable ?
Qui vous mépriserait se rendrait méprisable.
Pourquoi sacrifier tout à l'opinion ?
Qu'importent le Pays et la Religion ?
Dans l'homme je vois l'homme ; est-il bon ? je l'estime,
Egaré, je le plains ; mais lui ferais-je un crime
D'avoir un sentiment qui diffère du mien ?
De la société c'est rompre le lien.
En vain votre croyance à la nôtre est contraire ;

Qu'on soit juste, il suffit : le reste est arbitraire.
Sous le fer du méchant le bon est abattu :
Conclura-t-on de là qu'il n'est point de vertu ? —
Combien je m'applaudis du hasard favorable
Qui vous offrit à moi ! Victime déplorable,
C'est vous qui languissiez dans un réduit obscur,
Lorsque votre oppresseur levait son front impur :
Vous n'aviez pas de pain : couvert d'or et de soie,
Il promenait par-tout son impudente joie.
Son triomphe est passé. — Plus fortuné que vous,
Je dois à son forfait les plaisirs les plus doux :
J'ai de la gloire aussi connu la jouissance ;
Mais la gloire n'est rien près de la bienfaisance.
Ah ! s'il le connaissait ce besoin d'un bon cœur,
Que le riche aisément trouverait le bonheur !
Il lui coûterait moins que ces plaisirs futiles,
Qu'il paye au poids de l'or dans le sein de nos villes.

Mme CALAS.

Ame noble et sensible !

SOPHIE.

Ah ! notre unique appui,
Si le destin pour nous se déclare aujourd'hui,
Nous devrons à vous seul la grace inespérée
De jouir du seul bien.....

VOLTAIRE.

La dette était sacrée.

SCENE VII.

VOLTAIRE, Mme CALAS, SOPHIE, UN LAQUAIS.

LE LAQUAIS.

Un Monsieur veut parler à Madame Calas ;
Il se nomme La Salle.

Mme CALAS.

Ah ! volons dans ses bras.

SOPHIE.

Courons.

Mme CALAS *à Voltaire.*

De mon époux connaissant l'innocence,
Il se fit un devoir de prendre sa défense :
Vous permettez.....

VOLTAIRE *au laquais.*

Qu'il vienne.

Le laquais sort.

SCENE VIII.

M. DE LA SALLE, VOLTAIRE, Mme CALAS, SOPHIE.

M. DE LA SALLE.

OBJETS infortunés !
Je vous vois, et vos maux ne sont pas terminés ! —
A peine revenu d'un pénible voyage,
Je m'informe du sort qui fut votre partage :
J'apprends, et je ne puis que vous plaindre et gémir,
Le traitement affreux qu'on vous a fait subir.
Quel tableau douloureux se présente à ma vue !
Grand Dieu ! . . . . . .

Après un court moment de silence.

La liberté vous est enfin rendue ;
Déjà vous voyez luire un rayon de bonheur :
Le flambeau de l'Europe est votre défenseur.

A Voltaire.

C'était à vous, Monsieur, à votre seul génie
D'aspirer à venger l'innocence flétrie :
C'est un fleuron de plus à joindre à vos lauriers.
A vos nobles efforts je m'unis volontiers :
Je puis jetter du jour sur cette horrible affaire ;
J'en connais les détails ; elle est simple, elle est claire :
Calas fut innocent. — A la rigueur des loix
Si je ne pus alors le dérober, je dois,

De son lâche assassin dévoilant l'artifice,
Sur son aveuglement éclairer la justice.

Mme C A L A S.

Je vous reconnais bien à ce trait généreux :

M. DE LA SALLE.

Si je puis vous servir, je serai trop heureux.

VOLTAIRE.

J'estimais vos vertus, avant de vous connaître,
Monsieur ; soyez aimé, vous méritez de l'être.
Quand on sait comme vous chérir l'humanité,
Que de droits n'a-t-on pas d'en être respecté !
Et qu'il est doux de dire, au déclin de sa vie :
J'ai fait quelques heureux ; ma carrière est remplie ! —
Ah ! si le Parlement vous avait ressemblé,
Calas n'eût pas été lâchement immolé.
J'ai regretté long-tems que votre témoignage,
Ce témoignage pur manquât à notre ouvrage :
De quel poids eût été cet utile secours !
Mais vous étiez absent, disait-on, pour toujours. —
Au moment où je parle, un Tribunal auguste
A décidé du sort.....

M. DE LA SALLE, *vivement.*

Ce Tribunal est juste,
Et je ne doute pas du succès de vos soins.

VOLTAIRE.

J'espère, je l'avoue, et je n'en crains pas moins:
L'odieux fanatisme est encor redoutable;
Je voudrais l'éclairer de ce feu respectable
Qu'allume la raison, qu'éteint le préjugé:
Dans cette nuit d'erreurs où le monde est plongé,
Je voudrais apporter une vive lumière;
Son éclat blesse encor sa trop faible paupière.
Le bon sens la reçoit et les remords vengeurs,
Nés de la conscience, en sont les défenseurs;
Mais leur voix menaçante a beau se faire entendre,
L'homme encore étonné refuse de s'y rendre;
Au lieu de leur céder, contre eux il veut s'armer;
En vain l'Etre éternel, qui nous daigne animer,
Jette dans tous les cœurs une même semence:
Le Ciel fit la vertu, l'homme en fit l'apparence;
Il peut la revêtir d'imposture et d'erreur;
Mais ne peut la changer: son juge est dans son cœur.
Ah! si le fanatisme était encor le maître,
Ses feux, mal étouffés sont tous prêts à renaître. —
Je n'imputai jamais à la Religion
Les crimes qu'enfanta la superstition. —
Monstre altéré de sang, tes rigueurs inflexibles
Privent d'humanité les cœurs les plus sensibles;
Par toi contre son pere un fils se voit armé,
En assassin par toi le pere est transformé!
Dans ces jours passagers de peine et de misères,

Enfans du même Dieu, vivons du moins en frères ;
Aidons-nous l'un et l'autre à porter nos fardeaux,
Nous marchons tout courbés sous le poids de nos maux ;
Si nul de nous ne vit sans connaître les larmes,
De l'amitié du moins sachons goûter les charmes.

SCENE IX.

M. DE LA SALLE, VOLTAIRE, Mme CALAS, SOPHIE, Mme DUPUIS.

Mme DUPUIS.

CETTE lettre à l'instant arrive de Paris ;
Elle paraît pressée.

VOLTAIRE.

Ah ! donnez.

Mme CALAS.

Je frémis !

SOPHIE.

Ma mère, tout mon sang vers mon cœur se retire.

VOLTAIRE.

Madame, elle est pour vous.

Mme CALAS.

Daignez, daignez la lire.

VOLTAIRE

VOLTAIRE, *lisant.*

« Vous n'êtes pas si près de triompher que vous
» l'avez pu croire : le crime de Calas est reconnu,
» et le Conseil est trop éclairé pour flétrir des
» juges qui n'ont fait que leur devoir en le
» condamnant à la mort. Votre sort sera décidé
» demain : que dis-je ? il est déjà dans l'opinion
» publique : tremblez ! »

Mme CALAS.

O Ciel !

SOPHIE.

En est-ce assez ?

VOLTAIRE.

Vous devez espérer ;
Ce Billet est d'un lâche, oui, j'ose l'assurer.
Tout écrit clandestin n'est pas d'un honnête homme. (1)
Que ce vil écrivain paraisse, ou qu'il se nomme,
Je le croirai ... peut-être.

(1) J'ignore à qui appartient ce beau vers, que j'ai toujours cru être de Voltaire, mais qu'on m'a positivement assuré n'être pas de lui : désespérant avec raison d'en faire un meilleur, je n'ai point hésité à l'employer, quitte à convenir de mon larcin ; et les applaudissemens qu'il n'a jamais cessé de recevoir, m'ont prouvé que j'avais bien fait.

M. DE LA SALLE.

Et vous avez raison.
L'honnête homme jamais n'a déguisé son nom :
La main qui le traça n'est digne que de blâme.
Je crois de ce complot reconnaître la trame ;
Si je puis sur le fait prononcer hardiment,
C'est en votre faveur un puissant argument.

Mme CALAS.

Je n'espère plus rien.

SOPHIE.

La haine impitoyable
Veille pour aggraver le sort qui nous accable.

M. DE LA SALLE.

Non, ne le craignez point : votre infâme ennemi
De son crime odieux est d'avance puni :
Un remords dévorant dans son ame agitée
Entretient la terreur dont elle est tourmentée ;
Autour de lui sans cesse il trouve le mépris,
Et de ses noirs forfaits la honte est le seul prix.
Toulouse chaque jour est témoin de sa peine ;
Le Parlement rougit d'avoir servi sa haine :
S'il osait, ou pouvait encor se rétracter (1),

(1) Il est trop vrai que le Parlement de Toulouse a mis à la révision du procès de Calas toutes les entraves qu'il a pu

Il l'aurait déja fait; mais il craint d'irriter
Un peuple encore imbu de funestes maximes[1],
Qui, pour venger le Ciel, l'associe à ses crimes.

VOLTAIRE.

Ainsi le fanatisme est encor tout-puissant;
Ainsi l'homme en crédit écrase l'innocent!
Il me faudra tomber dans la nuit éternelle,
Avant que la raison d'une force nouvelle
Investisse les loix, et de tout l'univers,

---

imaginer; mais il ne faut point accuser de cette indigne manœuvre tous les membres qui le composaient alors: les plus respectables gémissaient de l'empire du fanatisme, et, manquant de cette énergie qui devrait toujours être le partage de l'homme vertueux, ils se contentaient de blâmer en secret l'acharnement de leurs confrères, et n'osaient point éclairer le peuple qu'on avait égaré. Il faut convenir aussi qu'à l'époque où parle M. de La Salle, le Parlement n'avait point encore manifesté la résistance opiniâtre qu'il apporta depuis à l'enregistrement de l'arrêt de réhabilitation que le Conseil avait rendu: il n'a donc pas dû s'énoncer autrement qu'il le fait. Je n'écris ceci que pour prévenir le reproche qu'on ne manquerait pas de m'adresser, d'avoir, pour faire ma cour aux Parlemens, cherché à déguiser la vérité: on verra, dans une note subséquente, si je crains de la dire. Je conviens que j'aurais pu clouer en cet endroit un morceau de déclamation contre les anciens Tribunaux, qui peut être aurait été très-applaudi, mais qui, à coup sûr, eût refroidi la scène. Je n'ai donc consulté en cela que l'intérêt de mon Ouvrage, à qui j'ai cru devoir sacrifier quelque coups de main, que je n'aurais dû, sans doute, qu'à la malignité.

Par un heureux accord, brise à jamais les fers;
Mais il viendra l'instant où la philosophie,
Etablissant par-tout une juste harmonie,
Tirera la raison des fers du préjugé,
Et nos neveux verront l'homme libre et vengé;
Ils verront tôt ou tard l'odieux despotisme
Rentrer dans le néant avec le fanatisme,
Et les Peuples, soumis à de plus justes loix,
Rétablis pour toujours dans leurs antiques droits.
Oui, si j'en crois l'espoir qui ranime mon être,
Un ordre plus heureux et plus simple va naître;
L'aimable égalité, fille de l'union,
Laissera le champ libre à l'émulation;
Le génie écartant l'intrigue et la bassesse,
N'aura plus à montrer de titres de noblesse
Pour s'élever au rang qu'il aura mérité. —
Ah! que de ce beau jour la brillante clarté
A tous les cœurs bien nés paraîtra vive et pure!
Je ne le verrai point, mais mon cœur m'en assure.

SCENE X.

M. DE LA SALLE, VOLTAIRE, Mme GALAS,
Mme DUPUIS, SOPHIE, JEANNE.

JEANNE, *entrant avec précipitation.*

Le voilà!

Mme CALAS.

Qu'?

JEANNE.

C'est lui ! Monsieur Pierre.

Mme CALAS.

Mon fils !

SOPHIE.

Mon frère !

VOLTAIRE.

O jour heureux ! Vos malheurs sont finis ;
Oui, Madame, ils le sont.

SCENE XI et dernière.

P. CALAS, M. DE LA SALLE, VOLTAIRE, Mme CALAS, SOPHIE, Mme DUPUIS, JEANNE.

P. CALAS.

Ah ! ma sœur ! ah ! ma mère !
Mon digne bienfaiteur ! il est vengé, mon père !
L'honneur nous est rendu ; le triomphe est complet.

VOLTAIRE.

Le monstre est terrassé, je mourrai satisfait.

P. CALAS, *montrant Voltaire.*

Voilà notre vengeur : sans lui, sans son courage,
De nos persécuteurs nous épuisions la rage :
Tombons tous à ses pieds.

Madame Calas, Sophie, P. Calas et Jeanne se jettent aux pieds de Voltaire.

VOLTAIRE.

O Ciel ! à mes genoux !
Je suis, en ce moment, bien plus heureux que vous.

Il les relève et les embrasse.

M. DE LA SALLE.

Quel spectacle touchant !

Mme DUPUIS.

Je sens couler mes larmes.

P. CALAS, *appercevant M. de La Salle.*

Pardon.....

M. DE LA SALLE.

J'ai partagé vos cruelles alarmes,
J'ai ressenti vos maux ; jugez de mon transport,
En vous voyant vengés des outrages du sort.

P. CALAS.

Dans cet asyle auguste où brille le génie,
Où règne la sagesse à l'éloquence unie,

Que ne puis-je exprimer à notre digne appui
Les sentimens divers que j'éprouve aujourd'hui !
Que ne puis-je donner à ma reconnaissance
Tout l'essor.....

VOLTAIRE.

Le succès, voilà ma récompense !

Mme CALAS.

Ah ! nos cœurs pour toujours.....

SOPHIE.

En pourriez-vous douter ?

P. CALAS.

Lorsque nous vous devons le bienfait d'exister,
Serions-nous..... Non, jamais : vous êtes notre père....

SOPHIE.

Nous nous partagerons entre vous et ma mère.

P. CALAS.

C'est un devoir bien cher. — Ah ! que depuis long-tems
Mon ame soupirait après ces doux instans !
De quel énorme poids je la sens soulagée ! —
Mon père, ta mémoire est donc enfin vengée !
Tes enfans avilis éprouvent le bonheur,
L'inestimable bien de renaître à l'honneur.

Sentez-vous comme moi cette émotion vive? —
Mais prêtez à ma voix une oreille attentive :
Enivré de l'espoir qui nous était permis ;
Presque sûr du succès, je vole vers Paris ;
Soutenu par un Dieu, j'ose, sous son égide
Porter sur l'avenir un regard intrépide.
Graces au bienfaiteur qui nous a soutenus,
Je trouve en ma faveur tous les cœurs prévenus :
On m'accueille, on me plaint, on vole à ma ren-
contre ;
Sous le meilleur aspect notre cause se montre :
Choiseul (1), Beaumont (2), Dupleix (3), généreux
défenseurs,
Comme dans l'avenir vous vivrez dans nos cœurs !
Chacun en nous aidant croit secourir un frère ;
En soulageant nos maux, on croit venger un père —
Le Roi qui mérita de son peuple enivré,

---

(1) M. le duc de Choiseul, Ministre et Secrétaire d'état, dont l'heureuse influence dans le conseil, demanda vivement et obtint, à la sollicitation de Voltaire, la révision du procès de Calas.

(2) M. Elie de Beaumont, célèbre avocat ; il composa, en faveur de cette famille infortunée, l'éloquent plaidoyer, qui a fait couler les larmes de toute l'Europe.

(3) M. Dupleix de Baquencourt, aujourd'hui Conseiller d'état, alors Maître des Requêtes, nommé rapporteur de l'affaire et sur les conclusions duquel l'innocence de Calas a été reconnue d'une voix unanime.

Le bonheur peu commun de s'en voir adoré,
prend à notre malheur l'intérêt le plus tendre:
D'une juste pitié bien loin de se défendre,
Des larmes ont coulé de ses yeux attendris;
On eût dit qu'il pleurait sur le sort de son fils. —
Il ordonne au Conseil de revoir notre affaire:
Ce Tribunal intègre y porte un œil sévère.
D'un voile obscur le crime a beau s'envelopper,
A ses regards perçans il ne peut échapper.
Dans mon père il ne voit qu'un vieillard respectable,
Ecrasé sous l'effort d'une ligue coupable:
La calomnie en vain ose élever sa voix:
L'innocence l'emporte et reprend tous ses droits.
David est démasqué: d'une voix unanime,
De nos concitoyens nous recouvrons l'estime.
Moment heureux! mon père! — il ne manque à nos vœux
Que de pouvoir... Mais non: tu vois du haut des cieux
D'un complot criminel triompher ta mémoire,
Et dans le sein de Dieu tu jouis de ta gloire. —
Ce n'est point tout encor: pour comble de bonheur,
A l'arrêt qui nous rend et nos biens et l'honneur,
Le Roi, dont l'équité guide la bienfaisance,
Daigne ajouter un don de sa munificence.
Je sens comme je dois ce bienfait précieux!
Mais l'honneur! mais l'honneur!... pour un cœur généreux
Est-il rien au-dessus? — Endurer la misère,

Ce n'est rien; mais l'opprobre! et rougir de son père! –
Je puis donc me nommer! je puis lever le front,
Sans craindre de le voir souillé par un affront! —
Vous connaissiez nos maux; jugez de mon ivresse:
Loin de nous désormais bannissons la tristesse.
Mon père, ce n'est point par des pleurs superflus
Qu'il te faut honorer, imitons tes vertus:
Montrons ce que de nous on est en droit d'attendre:
C'est le plus beau tribut que l'on doive à ta cendre.

VOLTAIRE.

Je vous ai dénoncés, vils calomniateurs;
Je vous ai fait connaître, infames délateurs!
Il me reste à confondre un nouvel artifice:
Pour Sirven (1) opprimé je demande justice;

---

(1) La révision du procès de Calas était à peine terminée qu'une seconde victime du fanatisme, non moins innocente, vint fournir à Voltaire une nouvelle occasion d'exercer sa bienfaisance. Sirven, accusé d'avoir assasiné sa fille et condamné par contumace au Parlement de Toulouse à périr sur l'échaffaud, comme l'infortuné Calas, languissoit expatrié dans la misère la plus affreuse. Voltaire le reçut dans sa maison, pourvut pendant plusieurs années à sa subsistance et à celle de ses enfans; et non content d'obtenir la cassation de l'arrêt et leur réhabilitation, il fit tous les frais de la procédure. On trouvera dans la correspondance de ce grand homme tous les détails relatifs à cette affaire, qui réfute victorieusement les imputations calomnieuses de ses lâches détracteurs.

Je l'obtiendrai sans doute, et cette même main
Qui ranima la veuve et vengea l'orphelin,
Soutiendra jusqu'au bout la famille éplorée
Que la haine a proscrite et non déshonorée.
Oui, tant que l'injustice aura le bras armé,
Je serai toujours prêt à venger l'opprimé,
Pour prix de mes travaux, un Prêtre fanatique, (1)

---

(1) Jean-Joseph Faydit de Terssac, Curé de Saint-Sulpice, lors de la mort de Voltaire, seconda avec un zèle vraiment apostolique, la vengeance que le Clergé voulut exercer sur sa dépouille mortelle : cet intrigant subalterne mit tant de ressorts en œuvre qu'il parvint à faire refuser la sépulture à l'homme qui dans la Grece aurait obtenu des autels. Le Parlement, qui pouvait le couvrir de gloire, en déployant contre les fanatiques la majesté de la loi, préféra de se déshonorer en gardant un coupable silence. Il ne pardonna pas à Voltaire d'avoir dit la vérité à son égard quelques années avant sa mort. Au reste, il a fort bien fait, ainsi que le Curé de Saint-Sulpice ; et comme dit le docteur Pangloss, tout est au mieux. Sans ce concours d'injustices, nous eussions probablement été privés du spectacle attendrissant que la reconnaissance a offert à nos regards, et Voltaire n'eût point obtenu les honneurs mérités qu'on a rendus à ses mânes. Peu s'en est fallu que la même horreur ne se renouvellât quelques années après à l'époque de la mort de d'Alembert. Le Curé de Saint-Germain-l'Auxerrois, Jean Ringard, non moins fanatique que celui de Saint-Sulpice, aurait bien desiré de marcher sur les traces de son confrère ; mais soit qu'il n'eût pas les mêmes ressources, soit qu'il ne trouvât pas dans le Ministère la même facilité, il se contenta de demander que d'Alembert ne fût point enterré dans son Eglise : et c'est

Abusant sans pudeur d'un pouvoir tyrannique,
Peut-être osera-t-il, au nom d'un Dieu de paix,
A mes mânes errans refuser un cyprés;
Mais il luira, trop tard au gré de mon attente,
Le jour, où dans Paris ma cendre triomphante,
Malgré le préjugé, recevra les honneurs
Que lui décerneront d'heureux Législateurs,
Et dans un Temple auguste, ouvrage du génie,
Parmi les noms fameux des fils de la patrie
Le mien qu'ils y liront, de nos derniers neveux
Peut-être attirera les regards et les vœux;
Peut-être ils se diront: « Défenseur de nos pères,
» Il a de la raison reculé les barrières;
» Et, premier créateur de notre liberté,
» De ses tyrans détruits vengé l'humanité. » —
France! j'ai combattu soixante ans pour ta gloire!
Il fallait t'éclairer, je l'ai fait: j'aime à croire
Qu'un jour tu sentiras le prix de mes bienfaits:
Vainqueur des préjugés, je ne mourrai jamais. —
Pardonnez cet orgueil: s'il est une faiblesse,
C'est le dernier espoir qui reste à ma vieillesse.

M. DE LA SALLE *à Voltaire.*

Que je vous porte envie, et qu'il me serait doux...

---

dans le dix-huitieme Siècle, dans ce Siècle nommé par excellence le Siècle de la Philosophie, que ces scènes d'horreur se sont passées. La postérité aura peine à le croire; mais le fanatisme est anéanti, et ses dangereux apôtres confondus et dispersés, sont condamnés à un silence éternel.

Se retournant avec chaleur du côté de Mme Calas.

Mais je puis faire aussi quelque chose pour vous :
A la cour de LOUIS vous avez à paraître ;
J'y veux guider vos pas, vous y faire connaître.
Vous croirez, en voyant ce Monarq ueadoré,
De ses nombreux enfans voir un père entouré.
Il séchera vos pleurs ; sa main compatissante
Fermera de vos cœurs la plaie encor sanglante :
Ses soins vous préviendront, et vous retrouverez
Dans ce Roi bienfaisant l'ami que vous pleurez.

Mme CALAS, *regardant Voltaire et M. de La Salle.*

Que nous devons bénir avec reconnaissance....

Mme DUPUIS, *vivement.*

Ah ! c'est dans le bienfait qu'en est la récompense.

SOPHIE.

Quelle dette !

P. CALAS.

Et comment nous acquitter jamais ?

VOLTAIRE.

En m'offrant quelquefois les heureux que j'ai faits (1).

---

(1) Ce vers, entre beaucoup d'autres, se trouve presque tout entier dans une pièce intitulée : *La veuve de Calas à Paris*, et représentée au théâtre italien deux mois après la *Bien-*

M. DE LA SALLE *à Voltaire.*

Que vous devez, Monsieur, chérir votre victoire !
Vous avez obtenu tous les genres de gloire :
Vous êtes l'homme unique, et le serez long-tems :
Qui pourra désormais réunir vos talens ?

VOLTAIRE.

J'ai fait un peu de bien, c'est mon meilleur ouvrage,
Ouvrage fortuné, qui vivra d'âge en âge,
Le seul qui maintenant puisse flatter mon cœur ! —
L'être bienfaisant seul a des droits au bonheur.

---

faisance de Voltaire : l'auteur, coutumier du fait, s'est approprié sans scrupule tout ce qui lui a convenu dans mon ouvrage : il a tiré l'or du fumier d'Ennius ; graces lui soient rendues ! Je lui dois le plaisir de m'être vu applaudi sur deux théâtres différens. Il est une chose cependant que je ne revendiquerai point, car il faut être juste, c'est le style et le plan de sa pièce que je reconnais lui appartenir exclusivement.

FIN.

De l'Imprimerie de la veuve VALADE, rue des Noyers.

www.ingramcontent.com/pod-product-compliance
Ingram Content Group UK Ltd.
Pitfield, Milton Keynes, MK11 3LW, UK
UKHW032010260826
14628UKWH00005B/2402

9 782019 7082